LA CIGUË

COMÉDIE

Représentée pour la première fois, sur le Second Théâtre-Français
le 13 Mai 1844.

PRESSES MÉCANIQUES DE H. FOURNIER ET Cᵉ,
RUE SAINT-BENOIT, 7.

LA CIGUË

COMÉDIE

EN DEUX ACTES ET EN VERS

PAR

ÉMILE AUGIER.

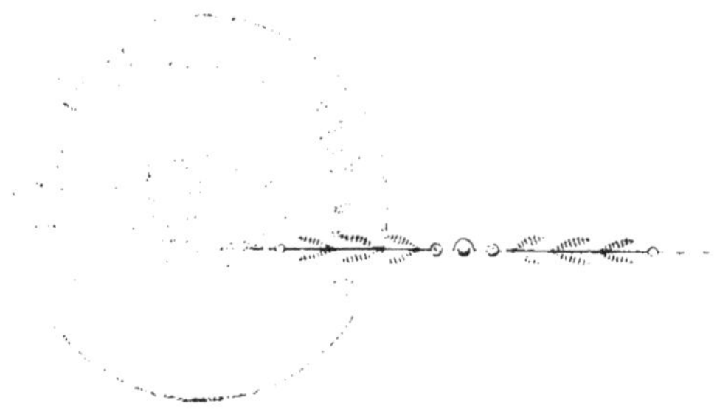

PARIS

FURNE ET Cⁱᵉ, LIBRAIRES-ÉDITEURS

RUE SAINT-ANDRÉ-DES-ARTS, 55

M DCCC XLIV

A LA MÉMOIRE VÉNÉRÉE DE MON GRAND-PÈRE

Pigault-Lebrun

Au moment de livrer ma comédie aux périls de la
lecture, je dois remercier les acteurs qui l'ont soutenue
devant le public : Mademoiselle Émilie Volet, si naïve-
ment spirituelle et si touchante tour à tour (je ne parle
pas de sa beauté) : M. Bouchet, si élégant et si passionné :
M. Alexandre Mauzin, dont la rondeur et la fine bonhomie
ont donné du relief à un rôle ingrat : et enfin M. Louis
Monrose, à qui je suis doublement redevable, et pour son
jeu brillant et pour ses excellents conseils, auxquels j'at-
tribue une bonne part du succès.

LA CIGUË.

ACTE PREMIER.

Une chambre dans la maison de Clinias ; meubles antiques ; à la gauche
du spectateur une table chargée de flacons et de fruits.

SCÈNE PREMIÈRE.

CLINIAS. CLÉON, PARIS, tous trois couchés sur des lits
autour de la table.

PARIS, après un silence de quelques secondes.

Quoi! ne trouvons-nous rien à dire en nos cervelles.
Entre trois ?

CLÉON.

Voulez-vous apprendre les nouvelles?
Périclès...

PARIS.

Périclès! A l'autre maintenant !

CLÉON.

A fait accroire au peuple.....

PARIS.

O l'homme surprenant

Qui s'inquiète encor de la chose publique,
Et croit nous divertir par de la politique!

CLÉON.

Laisse-moi t'achever brièvement. ...

PARIS.

Merci ;
Je ne veux pas savoir ce qu'on fait hors d'ici.
Buvons à nos amours !

CLINIAS.

Toujours la même histoire!
D'amours, je n'en ai pas.

PARIS.

Eh bien! buvons pour boire.

CLINIAS.

Je n'ai pas soif.

PARIS.

Ni moi. Mais la belle raison!
La soif vient en buvant lorsque le vin est bon.
Et toi, Cléon, non plus? Oh! les joyeux convives!
Foin des fronts soucieux et des coupes oisives !

(Après avoir bu.)

Je boirai donc tout seul. Généreuse liqueur !
Ton vin, ô Clinias, est bon comme ton cœur.

CLÉON.

Heureux qui peut en dire autant. et sans blasphème,
Pour le vin qu'il déguste ou pour l'ami qu'il aime !

PARIS.

Certes ! — nous possédons tous trois ce bonheur-là.
L'existence superbe et douce que voilà!...
Comme. à l'écart des sots. et quoi qu'en ait l'envie.
De festins en festins s'écoule notre vie !

Pas de parents gênants : personne à ménager :
De l'or et l'appétit qu'il faut pour le manger ;
Une amitié sans fin et des amours sans suite...
Qu'avait donc à pleurer le bonhomme Héraclite ?

CLINIAS.

C'est la centième fois que tu tiens ce propos,
Et je vais y répondre une fois en deux mots :
Cette existence douce et superbe m'ennuie ;
Je la trouve assommante ; et, pour changer de vie,
Je vais me tuer.

PARIS ET CLÉON.

Hein ?

CLINIAS.

C'est pour vous l'annoncer
Que ce matin chez moi je vous ai fait passer.

CLÉON.

Hélas ! que dis-tu là ?

CLINIAS.

Je dis que la ciguë
Donne une mort paisible et sans douleur aiguë,
Et que je veux la prendre après souper, ce soir.

CLÉON.

A ce fatal projet il faut au moins surseoir.

CLINIAS.

Fatal projet, pourquoi ? La mort n'est effroyable
Que lorsqu'elle nous prend quelque bien regrettable ;
Mais moi, pour qui la vie est un long bâillement,
J'ai raison de mourir et dois mourir gaîment.
Rien ne vaut un regret dans tout ce que je quitte.

PARIS.

Les dés, l'amour, la table ont pourtant leur mérite.

CLINIAS.

Je ne suis plus gourmand pour trop l'avoir été,
Et, pour avoir trop ri, je n'ai plus de gaîté.
Les dés ne comptent plus puisque, joueur inerte,
Je ne m'émeus pas plus du gain que de la perte.
Les femmes... c'est toujours cette difformité
De beauté sans esprit, ou d'esprit sans beauté.

PARIS.

Moi, je suis moins subtil. Quand une tête est belle,
Je ne m'informe pas du tout de sa cervelle,
Et je tiens celle-là quitte de tous bons mots
Dont l'œil est amoureux, amoureux le propos.

CLINIAS.

Je veux qu'à la beauté, moi, l'esprit soit en aide,
Et la sotte m'ennuie à l'égal de la laide.

CLÉON.

Si l'amour ne t'est rien, du moins est-il permis
De croire que tu tiens compte de tes amis?

CLINIAS.

Mes amis!... mais c'est vous, et vous ne m'aimez guère.
Je n'ai pas là-dessus de reproche à vous faire,
Et vous avez raison, car je n'ai pas, je croi,
Beaucoup plus d'amitié pour vous, que vous pour moi.

PARIS.

Le mot est gracieux !

CLÉON.

       Le sentiment fort tendre!

CLINIAS.

Par des dehors polis à quoi bon se surprendre?
Voici plus de six mois que j'aspire au moment
De vous dire à tous deux tout cru mon sentiment.

Je le répète donc, nous ne nous aimons guères ;
Et de fait qu'avons-nous de commun, hors nos verres ?
Quelle fidélité nous sommes-nous fait voir ?
Quel service rendu ? Confié quel espoir ?
Vous vous croyez unis, ô débauchés candides,
Par des chansons à boire et des bouteilles vides !
Beaux liens, par Pollux ! Apprenez, en deux mots,
Que l'amitié se fonde ailleurs qu'autour des pots.
Qui pense, après souper, à son voisin de table ?

CLÉON.

Si notre compagnie est si désagréable,
Cherche d'autres amis, au lieu de te tuer.

CLINIAS.

Que des honnêtes gens je me fasse huer ?
Vous savez comme moi quelle loi nous rassemble,
Car nous aurions mis fin à l'ennui d'être ensemble
Si nous n'avions senti, chacun de son côté,
Que nous sommes réduits à notre intimité,
Que du doigt par la ville aux enfants on nous montre,
Et que comme une peste on fuit notre rencontre.

PARIS.

Ne vas-tu pas mourir parce que des pédants,
Quand tu les saluais, t'auront fait voir les dents ?

CLINIAS.

Non pas ; mais ennuyé de moi comme des autres ;
Sachant, hélas ! par cœur mes bons mots et les vôtres ;
Me trouvant si stupide au fond que, sur ma foi,
Je ne connais que vous plus stupides que moi ;
Ayant goûté de tout, et n'ayant plus au monde
Nul objet désirable où mon espoir se fonde ;
Las du vice, et pourtant à ce point corrompu

Que je doute s'il est pire que la vertu.
Je m'en vais de la terre où plus rien ne m'amuse ;
Et Minos voudra bien accepter pour excuse
Que j'étais dégoûté de l'homme, et curieux
D'aller voir de combien en diffèrent les Dieux.

PARIS.

Imite-moi plutôt que mourir : à ton âge,
Je m'ennuyais aussi de mon libertinage :
Je bus obstinément, et bientôt j'éprouvai
Que l'ennui s'écoulait avec le vin cuvé.

CLINIAS

S'abrutir ou mourir ? c'est une même chose !
Nous prenons le remède à différente dose,
Chacun selon sa force ; et par même raison
Que tu prenais du vin, je prendrai du poison.

CLÉON.

Oui, mais n'as-tu le choix que d'un moyen extrême ?
Ce qui te lasse, ami, me lasse tout de même.
Mais je ne me vais pas mettre à mort pour cela,
Ni non plus imiter l'éponge que voilà...
Je vais me marier.

CLINIAS.

        C'est faire en homme sage :
Ta nature, en effet, te poussait au ménage :
C'est ton lot ; tu naquis pour vivre chichement,
Et tes fils riront bien à ton enterrement.

CLÉON.

Pourquoi ?

CLINIAS.

        Le bien d'un ladre est une bonne prise.

SCÈNE I.

CLÉON.

Hein? qu'entends-tu?...

CLINIAS.

Je suis en humeur de franchise.
Je dirai tout. J'entends que tu nous as fait voir
Un débauché fort sage à manger son avoir;
Qu'en prenant part égale à nos réjouissances,
Tu t'en ménageais une inégale aux dépenses:
Et qu'enfin tu n'as pas la seule qualité
Qui reste aux libertins, la générosité.
Nous voulons tous les deux nous retirer du vice.
Mais moi par lassitude, et toi par avarice;
Nous ne pouvons donc pas prendre un même chemin:
Et j'en sors par la mort comme toi par l'hymen.

CLÉON.

Je pourrais te répondre en d'autres circonstances;
Mais il est plus pressant...

CLINIAS.

Ah! trève aux remontrances:
Je sais tout ce qu'on peut me dire en pareil cas,
Et vous m'obligerez en ne le disant pas.

CLÉON.

Quoi! peut-on voir mourir un ami sans qu'on fasse
Tout pour l'en empêcher? Toi-même, à notre place....

CLINIAS.

Je croirais sagement, et sans tant discourir,
Que si vous vous tuez, c'est qu'il vous plaît mourir;
Qu'allant de votre gré dans la sombre demeure,
Vous avez vos raisons pour avancer votre heure;
Qu'enfin c'est une chose évidente de soi
Qu'on doit permettre aux gens leur plaisir, quel qu'il soit.

PARIS.

Si tu meurs par gaîté, je n'ai plus rien à dire.

CLÉON.

C'est un amusement qu'on ne peut t'interdire.

PARIS.

Tu préfères la mort à nous? A ton souhait.

CLÉON.

Nous nous consolerons d'un ami qui nous hait.

CLINIAS.

Vous le prenez tous deux ainsi qu'il le faut prendre,
A ce peu d'embarras j'étais loin de m'attendre :
Je vous en remercie, et pour remercîment
Je vous compte laisser mon bien par testament.

CLÉON.

Généreuse amitié!

CLINIAS.

          Pour ce que je vous donne?
Je n'ai pas de parents, et ne connais personne.
Une clause, d'ailleurs, que vous saurez bientôt,
Vous fera bien gagner à chacun votre lot ;
Vous ne me devrez rien.

PARIS.

          Quel homme !

CLINIAS.

                Assez d'affaire.
Montrons-nous jusqu'au soir plus fous qu'à l'ordinaire !
Ma résolution m'a rendu ma gaîté ;
Je me sens rajeuni : fêtons ma liberté !
Et toi, Dieu sans mémoire, et qui veux qu'on oublie,
Bacchus, délivre-nous de la mélancolie ;
Et fais, pour rappeler un jour de mon bon temps,

Que ces flacons soient pleins de rires éclatants!

PARIS ET CLÉON.

A Bacchus!

CLINIAS.

Compagnons, une esclave d'Asie,
Dont mon vieil intendant m'a donné fantaisie,
Et qu'il est ce matin parti pour m'acheter,
Va venir.

PARIS.

Par Vénus! nous allons la fêter!

CLINIAS.

Pour jouer de la lyre elle est, dit-on, unique.

CLÉON.

Boire est doux, mais plus doux est de boire en musique.

CLINIAS.

Elle a seize ans à peine ; elle danse à ravir.

PARIS.

Le sort plus à souhait ne pouvait nous servir :
La voici.

SCÈNE II.

LES MÊMES, L'INTENDANT, HIPPOLYTE.

L'INTENDANT.

Cher seigneur, l'esclave.

PARIS.

Qu'elle est belle !

CLÉON.

Admirable, en effet. — Combien te coûte-t-elle ?

L'INTENDANT.

Un talent.

CLÉON.

Un talent? c'est cher.

PARIS.

Tant de beauté
A trop haut prix d'argent peut-il être acheté!
Vois ces pieds si mignons, cette main si petite!
Comment la nommes-tu, Callimaque?

L'INTENDANT.

Hippolyte.

CLÉON.

Quel est son pays?

L'INTENDANT.

Chypre.

CLÉON.

Endroit deux fois divin
Qui produit Hippolyte et produit le bon vin!
Mais un talent pourtant qui vaut soixante mines...

PARIS.

Mais dis-moi quels cheveux plus noirs tu t'imagines?
Quels yeux plus languissants... s'ils n'étaient pas baissés?
Levez-les donc, la belle!

CLINIAS.

Allons, c'en est assez.
Remets-la, Callimaque, aux mains accoutumées :
Qu'on la pare de fleurs, de robes parfumées,
Et qu'on nous la ramène.

L'intendant sort avec Hippolyte.

SCÈNE III.

PARIS, CLINIAS, CLÉON.

CLINIAS.
 Eh bien ! elle vous plaît ?

PARIS.
On n'en peut inventer de plus belle à souhait.

CLINIAS.
Vous apprendrez sans peine alors sous quelle clause
De ma succession mon testament dispose.
C'est que vous lui ferez la cour concurremment,
Et que pour héritier j'écrirai son amant.

CLÉON.
Tu nous donnes pour juge une petite fille ?

CLINIAS.
Il me plaît.

PARIS.
 Une enfant qui sort de la coquille !
Une sotte !

CLINIAS.
 Tout juste.

PARIS.
 Et pour peu que mon né
Ne soit pas de son goût, me voilà ruiné ?

CLINIAS.
Tu l'as dit.

CLÉON.
 Je serai riche ou pauvre, à sa guise,
Pour un peu plus ou moins que j'ai de barbe grise ?

CLINIAS.

Sans doute.

CLÉON.

C'est absurde, et nous aimons bien mieux
Que tu fasses toi-même un choix entre nous deux.

CLINIAS.

Je suivrai, s'il vous plaît, mon goût et non le vôtre.
N'ayant pas d'amitié pour l'un plus que pour l'autre,
Je serais à choisir dans un grand embarras,
Et j'en sors à ma gloire en ne choisissant pas.

PARIS.

Plutôt que nous remettre à ce fol arbitrage,
Fais un partage égal entre nous.

CLINIAS.

Un partage?
Que la chose aille avec cette simplicité?
Que vous ayez mon bien sans l'avoir acheté?
Non pas.

CLÉON.

Trouves-tu donc si peu de récompense
A faire des heureux? et la reconnaissance...

CLINIAS.

La vôtre est ambiguë, et, sans être exigeant,
Je n'en aurais pas là, je crois, pour mon argent.
Gardez-en pour ailleurs l'incertaine monnaie :
Moi, je veux être sûr du plaisir que je paie.

PARIS.

Quel plaisir est-ce donc que tenir en suspens?...

CLINIAS.

Celui, mes bons amis, de rire à vos dépens.
Car imaginez-vous rien de plus ridicule

Que de vieux écoliers rendus à la férule,
Forcés, quoi qu'ils en aient, et malgré leur dépit,
D'applaudir un tendron des sottises qu'il dit.
Et, pour en conquérir les faveurs disputées,
Ramenant au combat leurs grâces éreintées ?

PARIS.

Et tu crois que je vais te servir de bouffon ?

CLINIAS.

J'en suis sûr. Mais attends pour me connaître à fond.
Je me promets de vous un plus grave spectacle ;
Je veux que, rencontrant l'un dans l'autre un obstacle.
Tous deux âpres au gain, sur la proie acharnés,
Dans de honteux débats vous soyez entraînés ;
Qu'enfin cette amitié, qui semble inébranlable,
Tombe du premier choc ainsi qu'un mur de sable.
Et que vous demeuriez tous les deux ennemis
Du dernier compagnon qui vous était permis.

PARIS.

Que t'avons-nous donc fait ?

CLÉON.

Oui, c'est une vengeance.

CLINIAS.

Tu l'as dit. Vous avez surpris mon innocence
Au seuil du bon chemin que déjà je suivais,
Et m'avez sans respect poussé dans le mauvais.
Grâce à vous, ma fierté native s'est flétrie ;
Vous l'avez froidement tournée en raillerie,
Et mon honneur, tremblant sous votre cuisant fouet,
A force de se taire est devenu muet !
Grâce à vous, la débauche, effroyable maîtresse
Qui vieillit promptement tous ceux qu'elle caresse.

Et ne les lâche plus quand elle les a pris,
Enveloppe mon cœur de ses mille replis,
Et sa séduction, par le dégoût suivie,
Me rend enfin la mort meilleure que la vie.
C'est pourquoi je me venge autant que je le puis.
Vous avez fait de moi le méchant que je suis ;
Ne vous plaignez donc pas si, dans ma gratitude,
Je vous veux en mourant léguer la solitude.

PARIS.

Quel serpent avons-nous réchauffé dans nos seins !
Tu ne jouiras pas de tes méchants desseins ;
Nous refusons ton legs... non pas qu'on se soucie
De ta haine impuissante et de ta prophétie,
Mais parce qu'il serait honteux de te devoir,
Après un mépris tel que tu nous l'as fait voir.

CLINIAS.

Refuses-tu, Cléon ?

CLÉON.

                    Je serais sans excuse
De ne refuser pas lorsque Paris refuse.

CLINIAS.

Peut-être verrez-vous la chose d'un autre œil
Quand vous aurez cuvé ce magnifique orgueil.
Mais ayez bien ceci présent à la mémoire,
Que ma succession ressemble à la victoire,
Qu'on ne la gagne pas sans combat hasardeux,
Et que pour un combat il faut être au moins deux.
C'est pourquoi l'un de vous acceptant seul ma clause,
N'aurait rien à prétendre au bien dont je dispose,
Et j'en aimerais mieux enrichir le public.
Cela dit, consultez entre vous.
                                        (Il sort.)

SCÈNE IV.

CLÉON, PARIS.

PARIS.

Basilic !
Vipère ! faux ami ! mauvais cœur ! vile engeance !
Je te méprise aussi ! voyez-vous l'insolence ?
Vouloir nous abaisser au rôle d'histrions !

CLÉON.

Et ne pas s'en cacher, sûr que nous consentions !

PARIS.

Mais ses méchancetés tournent à notre gloire,
Et c'est le plus brillant endroit de notre histoire.
Je n'ai pas réfléchi !

CLÉON.

Je n'ai pas hésité !

PARIS.

L'honneur a parlé seul, et seul fut écouté.
C'est bien ! Cléon, c'est beau ! c'est grand et magnanime !
Mon amitié pour toi s'accroît de mon estime.

CLÉON.

Nous perdons un ami ; mais sa perte nous sert
À nous rendre tous deux l'un à l'autre plus cher.

PARIS.

Resserrons donc ces nœuds que Clinias croit rompre,
Et montrons lui des cœurs que rien ne peut corrompre.

CLÉON.

Ce sera dignement répondre à ses mépris.

PARIS.

Embrassons-nous, Cléon.

CLÉON.

         Embrassons-nous, Paris.

PARIS.

Va, garde ton argent, Clinias; ta richesse
Ne pourrait nous donner un tel moment d'ivresse.

CLÉON.

Auprès du pur bonheur d'une belle action
Que sont trois cents talents de ta succession?

PARIS.

Trois cents?

CLÉON.

     Trois cents talents.

PARIS.

             Le triple de mes dettes!

CLÉON.

Laisse à tes créanciers calculer ces sornettes.

PARIS

Je ne me doutais pas de toute ma vertu.
Peste! trois cents talents!

CLÉON.

     T'en repentirais-tu?

PARIS.

Fi donc, Cléon! — Et toi?

CLÉON.

     Moi! que le ciel m'en garde!
C'est toi seul, cher ami, que ce refus hasarde;
Et que tes créanciers soient satisfaits ou non,
Ce n'est certes pas moi qu'ils mettront en prison.

PARIS.

Tiens, je n'y pensais plus.

CLÉON.

Bon ! jamais tu n'y penses.
N'ont-ils pas obtenu contre toi deux sentences ?

PARIS.

On le dit.

CLÉON.

Eh bien donc ?

PARIS.

Eh bien ?

CLÉON.

Si Clinias
Par ses conditions ne nous outrageait pas,
Tu sortirais d'affaire avec son héritage,
Tu serais libre !

PARIS.

Libre ! oui ; mais il nous outrage !

CLÉON.

Sans doute ; car enfin c'est pour nous bafouer
Qu'il nous donne ce rôle amoureux à jouer...
Et l'amour, en effet, est grotesque à notre âge.

PARIS.

Nullement ! tu ferais très-bien ton personnage ;
Ton œil est vif, ton air dégagé, sans apprêt,
Et ce n'est pas de toi que Clinias rirait.

CLÉON.

Ma foi, de toi non plus : jamais, qu'il m'en souvienne,
Je n'ai vu de fraîcheur comparable à la tienne.
Je ne sais, mais tu prends de l'âge sans vieillir.

PARIS.

Toi, plus heureux encor, tu sembles embellir.

CLÉON.

Mais alors, nous pourrions, sans être ridicules..

PARIS.

Sans doute! ce n'est pas l'objet de mes scrupules.

CLÉON.

Eh quoi donc?

PARIS.

C'est qu'il semble assez ignoble et bas
De feindre pour de l'or un amour qu'on n'a pas.

CLÉON.

Ma foi! moi, j'aimerais volontiers Hippolyte:
Elle a l'œil noir.

PARIS.

Très noir!... l'épaule d'Aphrodite!

CLÉON.

La main comme un enfant!

PARIS.

Le col fin, le bras rond.

CLÉON.

Une taille de nymphe!

PARIS.

Et le plus joli front!

CLÉON.

Quelle conquête, hélas! nous perdons!...

PARIS.

Quel dommage
Qu'à nous en abstenir la fierté nous engage!

CLÉON.

Peut-être, en pareil cas, des gens moins orgueilleux
Ne renonceraient pas si vite à de tels yeux...
Ils se diraient, peut-être avec quelque justesse,

Qu'il faut mettre en amour moins de délicatesse,
A l'objet de ses vœux courir par tout chemin,
A travers le devoir et le respect humain,
Franchir tout, fouler tout, et, pourvu qu'on arrive,
Ne pas s'inquiéter, quelque mal qui s'ensuive.

PARIS.

C'est aussi ma maxime, et pour des yeux moins doux
Je me suis fait jadis cent fois rouer de coups.

CLÉON.

Sur quoi ces raisonneurs te répondraient, sans doute,
Que si tu t'es risqué jadis coûte que coûte,
Tu serais un grand fou lorsqu'il n'en coûte rien...

PARIS.

C'est vrai!...

CLÉON.

Lorsque tu peux même y gagner du bien...

PARIS.

C'est vrai !

CLÉON.

Que refuser dans cette conjoncture,
Ce serait de l'honneur dépasser la mesure ;
Qu'en scrupules surtout la saine raison veut
Qu'on fuie également le trop et le trop peu.

PARIS.

Que si l'un n'est pas beau, l'autre est une sottise.

CLÉON.

Que nous sommes des sots enfin...

PARIS.

Qu'y faire ?

CLÉON.

Avise !

PARIS.

Vous rétracter... c'est dur !...

CLÉON.

Oui, mais au demeurant,
On aggrave sa faute en y persévérant.

PARIS.

Eh bien! peut-être, alors, vaut-il mieux, à ce compte...

CLÉON.

Certes ! — Tu m'as sauvé d'une mauvaise honte.

PARIS.

C'est toi dont les conseils, bien plutôt, cher ami,
M'ont dans le vrai chemin sagement affermi.

CLÉON.

Je m'apprêtais, sans toi, des regrets pour la vie.

PARIS.

Sans toi, ma liberté m'allait être ravie.

CLÉON.

Qu'un conseiller prudent est un bien précieux!

PARIS.

Cléon, viens dans mes bras, et rendons grâce aux Dieux.

SCÈNE V.

LES MÊMES, CLINIAS.

CLINIAS.

Êtes-vous décidés?

CLÉON, très-vite.

Paris croit...

PARIS, de même.

Cléon pense...

CLÉON.

Que nous avons trop loin poussé la conscience...

PARIS.

Que l'on doit fuir en tout l'exagération...

CLINIAS.

Bref, vous vous résignez à ma succession.

CLÉON.

L'exemple de Paris fut toujours mon précepte.

PARIS.

Puis-je n'accepter pas, lorsque Cléon accepte ?

CLINIAS.

Touchante confiance en l'honneur d'un ami !

PARIS, à part.

Le cher Cléon n'est pas hypocrite à demi.

CLÉON, à part.

Ce renard de Paris est plus fin qu'il ne semble.

CLINIAS.

Voyez comme on s'éclaire à réfléchir ensemble !
Or çà donc, vous allez. puisque c'est convenu,
Vous disputer la fille avec mon revenu ?

CLÉON.

Oui ; mais je crains Paris ; je sais comme il procède,
Et que, pour son amour, c'est son argent qui plaide.

PARIS.

Bon ! pour cette éloquence il se sent enroué.

CLINIAS.

Il sera défendu de tenter Danaé.

CLÉON.

Comme il importe aussi de cacher à l'esclave
Qu'elle tient en ses mains un intérêt si grave.
De peur que la friponne. étant juge absolu.

N'aille prévariquer et taxer son élu.

PARIS.

Je promets le secret.

CLÉON.

Moi de même.

CLINIAS.

Silence !

Elle vient.

SCÈNE VI.

LES MÊMES, HIPPOLYTE.

CLINIAS.

Quel effroi dans cette contenance !
As-tu peur des désirs qu'excitent tes appas ?
Sois belle hardiment, ma fille, et ne crains pas
Que si quelqu'un de nous trouve beau ton visage,
Il t'impose ses vœux de par ton esclavage.

HIPPOLYTE.

Votre intendant, seigneur, parlait différemment.

CLINIAS.

C'est qu'alors il mentait.

HIPPOLYTE.

Chassez-le donc, s'il ment !
Car une peine est due à ce faux interprète
Pour les vils sentiments que sa bouche vous prête.

CLINIAS.

Voyons par quels discours le traître m'a vendu.

HIPPOLYTE.

C'est déjà trop, seigneur, de l'avoir entendu.

Qu'une autre cède après un tel préliminaire :
Mais moi, je ne suis pas une esclave ordinaire.

CLINIAS.

Ta beauté...

HIPPOLYTE.

Ce n'est pas ma beauté que j'entends.
Je suis de Chypre, et dois le jour à des parents
Qui me préféreraient morte à déshonorée.
Le sort, non la naissance, en vos mains m'a livrée :
Des pirates Crétois m'ont enlevée hier,
Quand je me promenais seule au bord de la mer...
Mais à la mort plutôt je me suis résolue,
Qu'à la condition d'esclave dissolue.

PARIS, à part.

Elle est niaise, bon ! Réglons-nous là-dessus.

CLINIAS.

Vos noirs pressentiments se vont trouver déçus :
Apprenez, pour avoir votre pudeur à l'aise,
Qu'on ne veut vous contraindre à rien qui vous déplaise.
Ainsi remettez-vous de vos craintes sur moi,
Et, pour l'heure, écoutez quel sera votre emploi.
Voici deux... jeunes gens, dont chacun s'imagine
Vaincre l'autre d'esprit comme de bonne mine ;
Ils en ont fait gageure, et tous deux ont voulu
Que l'heureux vainqueur soit qui mieux vous aura plu.
Prêtez-leur donc l'oreille en toute complaisance.
D'ailleurs, comme il nous faut ce soir votre sentence,
Vous n'aurez pas longtemps à supporter leur cour ;
Et l'ennui, si c'en est, ne durera qu'un jour.
Je vous laisse avec eux.

(Il sort.)

SCÈNE VII.

HIPPOLYTE, CLÉON, PARIS.

HIPPOLYTE.

Oh! le digne jeune homme!

CLÉON.

Pour sa délicatesse Athènes le renomme.

HIPPOLYTE.

Mon destin se relâche un peu de sa rigueur,
Car, pour avoir un maître, où le trouver meilleur?

PARIS.

Un maître à vous, Madame, à vous dont le sourire
Sur quiconque vous voit établit votre empire!
Si quelqu'un doit ici pleurer sa liberté,
Ce n'est pas vous...

CLÉON.

C'est moi, dans vos fers arrêté.

PARIS, à part.

Est-il fade!

CLÉON.

Croyez que votre servitude,
Laissant votre âme libre, est encor la moins rude;
Lorsque la mienne, hélas!...

PARIS.

S'étendant sur mon cœur,
M'ôte jusqu'au pouvoir de haïr mon vainqueur.

CLÉON, à part.

(Haut.)
Joli! Si mon étoile, une fois favorable,
Faisait tant que mon cœur vous parût acceptable...

PARIS.

Si mon astre natal, une fois bienfaisant,
Me donnait de ne pas vous sembler déplaisant...

CLÉON.

Je voudrais entourer votre chère existence
De prodigalités et de magnificence....

PARIS.

Je vous entourerais de soins si délicats,
Que de m'avoir choisi vous ne gémiriez pas...

CLÉON.

Bijoux, fêtes, enfin tout ce qu'aime une femme,
Vous l'auriez...

PARIS.

    Vous auriez tous les trésors de l'âme.

HIPPOLYTE, à part.

Quelle émulation ! Qu'ont-ils donc parié ?

PARIS.

Je vivrais pour vous seule, et, du monde oublié,
Je voudrais, dans un coin ignoré de la terre,
De nos belles amours dérober le mystère...

CLÉON.

Moins pasteur que Paris, je voudrais, au rebours,
A la barbe des gens étaler nos amours,
Les promener partout, triomphantes et folles...

PARIS.

Oh ! tu fus de tout temps généreux en paroles.

CLÉON.

Quant à toi, j'en conviens, c'est la première fois
Que je t'entends louer le mystère et les bois.

PARIS.

Si vous vous confiez, Madame, à sa promesse...

CLÉON.

Si vous croyez un mot de sa délicatesse...

PARIS.

Vous vous étonnerez de n'en voir sortir rien...

CLÉON.

Sachez que ce berger est le plus grand vaurien !

PARIS.

Ah ! c'est ainsi ?... Sachez que ce prodigue est l'homme
Le plus sage qui soit et le plus économe.

CLÉON.

Certe on ne me voit pas, comme toi, sans raison
De festins monstrueux encombrer ma maison...

PARIS.

Mais lorsque par hasard j'en encombre la mienne,
Aux monstrueux festins tu prends ta part sans peine.

CLÉON.

Il se peut ; mais du moins je ne reproche pas
Ce qu'à mes compagnons je donne de repas.

PARIS.

Ce seraient eux plutôt qui t'en feraient reproche !
Des repas dont jamais l'abondance n'approche ;
Quatre ou cinq méchants plats en forme de brouet !
Et pour les arroser du vin de cabaret.

CLÉON.

C'est trop fort à la fin !

PARIS.

        Si bien que ta cuisine
Semble l'affreux séjour de déesse Famine !
Nous sortions plus à jeun que nous n'étions venus.

CLÉON.

Tais-toi.

PARIS.

Fi! la colère est l'arme des vaincus ;
Accable-moi plutôt, sans jeter feux et flammes,
Sous un éboulement de grosses épigrammes.

CLÉON.

La matière est féconde...

PARIS.

Agite tes grelots.

CLÉON.

Je crois...

PARIS.

Sois libéral au moins de tes bons mots.

CLÉON.

Sans doute, cher Paris...

PARIS.

Tu dois en être riche
Depuis un si long temps que tu t'en montres chiche

CLÉON.

A tes dépens on peut rire aussi...

PARIS.

J'y consens,
Puisque tu ne peux rien faire qu'à mes dépens!
Allons, ris si tu peux...

CLÉON.

Ah! tu veux que je rie?
Sachez donc que ce flux de grosse raillerie
Lui vient de Clinias, et qu'il n'est pas confus
De lui prendre les mots dont il ne se sert plus,
Comme un valet galant la défroque du maître.
Voilà mon épigramme, à moi... j'ai ri!

PARIS, à part.

Le traître !

(Haut.)

Pour les pauvres toujours les riches sont voleurs !

CLÉON.

Celui-ci t'appartient... les autres sont meilleurs.

PARIS.

Si j'emprunte des mots, tu ne serais que sage
D'emprunter à quelqu'un de moins laid, un visage.
Quels yeux ! quel front ! quel nez !

CLÉON.

Oui-dà, te crois-tu mieux ?
Voyez cet Adonis : quel nez ! quel front ! quels yeux !...

PARIS.

Quoi qu'il en soit, Cléon, ménage tes injures.

CLÉON.

Est-ce qu'on peut jamais t'en dire de trop dures ?

PARIS.

Sais-tu que mon défaut n'est pas d'être endurant ?

CLÉON.

Sais-tu que ton courroux m'est fort indifférent ?

PARIS.

Prends garde !

HIPPOLYTE, à part.

Allons chercher quelqu'un qui les sépare.

(Elle sort.)

PARIS.

Sac d'écus !

CLÉON.

Sac à vin !

PARIS.

Vieux ladre ! vieil avare !

CLÉON.

Vieil ivrogne !

PARIS.

Silence ! ou je te romps les os.

CLÉON.

Va, je ne te crains pas, j'ai bon bras !...

PARIS.

Et bon dos ! ..

SCÈNE VIII.

LES MÊMES, CLINIAS.

CLINIAS.

Battez-vous sur la proie ! arrachez-vous la somme !
Bien : raffermissez-moi dans le mépris de l'homme.

TOUS DEUX, à part.

Clinias !

CLÉON.

Tu me vois...

CLINIAS.

Je te vois interdit
D'accomplir aussitôt ce que j'avais prédit.
Continuez, allons !

CLÉON.

Tu nous fais injustice
De nous croire tournés vers un but d'avarice.

CLINIAS.

Et qui vous a poussés dans cet emportement,
Si ce n'est l'intérêt ?

PARIS.

Qui? l'amour.

CLINIAS.

Ah! vraiment?

CLÉON.

Oui, l'amour. Hippolyte est charmante, et je l'aime.

PARIS.

Nous l'aimons.

CLINIAS.

Et de là cette fureur extrême?

PARIS.

Sans doute.

CLINIAS.

Le détour n'est pas trop maladroit;
Mais ce n'est pas à vous de vous moquer de moi.

CLÉON.

Nous ne nous moquons pas...

PARIS.

L'esclave est adorable :
Si donc nous l'adorons, qu'est-ce là d'incroyable?

CLINIAS.

Voilà qui va fort bien... un libertin blasé,
D'un véritable amour se prétend embrasé !

CLÉON.

Libertin... justement : l'habitude du vice
Nous livre sans défense aux yeux d'une novice ;
Fais donc attention, mon cher, que jusqu'ici
La courtisane fut notre unique souci,
Et que nous ne savons par nulle expérience
De quelles voluptés est pleine l'innocence !

CLINIAS.

C'est vrai, pourtant !

PARIS.

Qu'un front où brille la candeur,
Et qu'un maintien confus promettent de bonheur.
Et sont forts à troubler, par leurs grâces tremblantes,
Un homme habitué chez les femmes galantes !

CLINIAS.

Vous parlez de bon sens. vraiment, et vos discours
Me persuaderaient presque de vos amours.
Quoi ! de vos cœurs éteints une simple mortelle
A pu faire jaillir encore une étincelle !
Bienheureux garnements en qui tout n'est pas mort,
Vous valez mieux que moi, vous pouvez vivre encor !

PARIS.

Et même assez longtemps.

CLINIAS.

Quelle étrange puissance
Est-ce donc que les dieux mettent dans l'innocence ?

PARIS

Les dieux te le diront, mon cher, c'est leur secret.

CLÉON.

Les dieux n'y sont pour rien ; Hippolyte a tout fait.

CLINIAS.

Vous transformer ainsi ? quelle magicienne !
Il faut que je la voie et que je l'entretienne,
Et si ce beau portrait par vous n'est pas flatté,
Je lui veux faire un don...

CLÉON.

Lequel ?

CLINIAS.

La liberté !

CLÉON.

L'affranchir ? — ô Plutus ! voyez comme il gaspille !
Une fille si chère !

PARIS.

Une si belle fille !

CLÉON.

C'est un talent de moins dans ta succession.

PARIS.

Il veut faire en sa vie une belle action.

CLINIAS.

Moi ? — Celle qui vous a tous deux séduits, doit être
Une femme pour tous dangereuse à connaître.
Je la veux affranchir pour que sur mes neveux
Elle exerce à son gré le charme de ses yeux ;
Que, loin de leur foyer domestique, elle entraîne
Tous les fils de famille à sa voix de sirène,
Et pousse incessamment mes chers concitoyens
A perdre leur santé, leur repos et leurs biens...
Je l'affranchis, enfin, parce qu'elle est funeste,
Et que, si je pouvais, j'affranchirais la peste.
A l'œuvre donc ! — Cherchons l'esclave, et de ce pas
La courons affranchir devant les magistrats.
Venez !

CLÉON.

Tu peux sans nous gaspiller ta fortune ;
Quant à moi, je ne sors jamais qu'au clair de lune.

CLINIAS.

Ah !

PARIS.

S'il n'est pas midi, certe il n'en est pas loin,
Et le soleil et moi ne nous fréquentons point.

CLINIAS.

Vous craignez de gâter votre teint, j'imagine?
Pour moi, qui ne veux pas séduire Proserpine,
Je m'en vais bravement m'exposer au grand jour.
Adieu! fraternisez jusqués à mon retour.

(Il sort.)

SCÈNE IX.

CLÉON, PARIS.

PARIS.

Il nous nargue, Cléon. Consens-tu qu'il nous croie
Ennemis par son fait et qu'il en ait la joie?

CLÉON.

Nous ennemis, Paris? pour quelques mots!... fi donc!
On m'a souvent drapé de bien autre façon!

PARIS.

D'ailleurs je n'ai parlé que par plaisanterie
De ta lésine.

CLÉON.

Et moi, de ton ivrognerie.

PARIS.

Je n'en crois pas un mot dans le fond.

CLÉON.

Moi non plus.

PARIS.

Certes de ton argent tu ne fais pas abus;

Mais dans l'occasion tu montres ta largesse.

CLÉON.

Tu bois souvent sans soif, mais point jusqu'à l'ivresse.

PARIS.

Je veux louer partout ta générosité.

CLÉON.

Je ne douterai plus de ta sobriété.

PARIS.

Que rien donc n'interrompe une amitié si belle.

CLÉON.

Oublions la discorde...

PARIS.

Et de notre querelle
Viens noyer la mémoire au cabaret du coin.

CLÉON.

Mais... je n'ai pas ma bourse...

PARIS.

Il n'en est pas besoin,
Je paîrai.

CLÉON.

Non... je suis honteux...

PARIS.

Viens sans vergogne !

(A part.)
Voilà de mon vilain !

CLÉON à part.

Voilà de mon ivrogne !

Ils sortent.

FIN DU PREMIER ACTE.

ACTE DEUXIÈME.

Même décoration.

SCÈNE PREMIÈRE.

HIPPOLYTE, CLINIAS.

CLINIAS.

Non, de grâce, parlons d'autre chose.

HIPPOLYTE.

Eh! seigneur.
De quoi puis-je parler, sinon de mon bonheur?

CLINIAS.

Je ne mérite pas...

HIPPOLYTE.

Que je vous remercie?
Vous m'entendrez pourtant, malgré la modestie.

CLINIAS.

C'est trop...

HIPPOLYTE.

Résignez-vous, ne pouvant l'empêcher.
De mon bonheur faut-il que je m'aille cacher?

CLINIAS, à part.

Tant de reconnaissance à la fin m'embarrasse.

HIPPOLYTE.

Comme selon nos cœurs tout prend une autre face !
Ce palais, qui m'avait paru triste à l'abord,
Est charmant à présent que j'ai changé de sort ;
Et depuis que je peux rentrer dans ma patrie,
Il semble que le ciel d'Athènes me sourie.

CLINIAS, à part

Elle ne paraît pas trop sotte en vérité !
    (Haut.)
Quel emploi ferez-vous de votre liberté?

HIPPOLYTE.

Je partirai demain pour Chypre.

CLINIAS.

                    Quoi! si vite?

HIPPOLYTE.

Ma mère pleure.

CLINIAS.

             Oui-dà! votre mère. Hippolyte?
N'est-il pas là-dessous quelque gentil amant
Qu'il ne vous fâche pas de revoir promptement?

HIPPOLYTE.

Non. seigneur.

CLINIAS.

           Sur ce point les filles sont discrètes :
Mais Chypre est. je le sais, un pays d'amourettes...

HIPPOLYTE.

Alors vous en savez plus que moi.

CLINIAS.

                Bon! tant mieux !
Tant mieux pour mes amis qu'ont enflammés vos yeux.

HIPPOLYTE.

Vous vous moquez de moi!

CLINIAS.

Non, jamais je n'impose:
Ils m'ont, chacun à part, recommandé leur cause;
Et je dois vous prier, pour suivre ma leçon,
De voir toute la grâce et tout l'esprit qu'ils ont.

HIPPOLYTE.

C'est tout vu.

CLINIAS.

Quel coup d'œil! Eh bien! que vous en semble?

HIPPOLYTE.

Mais ce sont vos amis, cher seigneur, et je tremble...

CLINIAS.

Parlez d'eux comme si je ne les aimais pas.

HIPPOLYTE.

Pour être franche, alors, je les trouve un peu...

CLINIAS.

Fats?

HIPPOLYTE.

Non, ce n'est pas le point.

CLINIAS.

Et quoi donc? malhonnêtes?

HIPPOLYTE.

Non, je les trouve un peu...Comment dire?...

CLINIAS.

Un peu bêtes?

HIPPOLYTE.

Non, le terme est trop dur, seigneur; tout leur défaut
Est de ne pas avoir autant d'esprit qu'il faut
Pour en avoir assez: et c'est vraiment dommage,
Car s'ils en avaient plus, ils en feraient usage;
Et ce que l'on regrette en leurs menus propos.

N'est pas le bon vouloir de dire de bons mots.
CLINIAS.
Fort bien! Et leur visage?
HIPPOLYTE.
En exacte justice,
Il leur a déjà fait, je crois, trop de service
Pour que l'on soit surpris de ce qu'il est usé.
CLINIAS, à part.
Ces imbéciles-là ne m'ont pas abusé.
Haut.)
L'agréable maîtresse! Ainsi, cette gageure?...
HIPPOLYTE.
Ils sont tous deux égaux d'esprit et de tournure.
CLINIAS.
À ces deux malheureux je vais donc annoncer
Qu'à l'espoir de vous plaire il leur faut renoncer?
HIPPOLYTE.
Absolument.
CLINIAS.
Le coup leur en sera bien rude.
HIPPOLYTE.
Bon! de tels compliments n'ont-ils pas l'habitude?
CLINIAS.
Ils en ont essuyé, sans être plus confus:
Mais comme assurément la douleur d'un refus
Se mesure aux attraits de celle qui le donne,
Ils n'en ont pu subir un si dur de personne!
HIPPOLYTE.
Seigneur!
CLINIAS.
Non, tant de grâce et d'aimable gaîté

Jamais ne s'est vu joint avec tant de beauté;
On ne sait plus par où vous charmez, et l'on doute
Si c'est par ce qu'on voit ou par ce qu'on écoute.

HIPPOLYTE.

Seigneur!

CLINIAS, à part.

J'étais bien fou de chercher autre part
De quoi me divertir avant le grand départ!
Mieux que mes deux marauds cette belle rieuse
Adoucira mon heure et la fera joyeuse....
Et qui sait? si j'en crois son œil vif et mutin,
Je pourrai vivre encor jusqu'à demain matin!

HIPPOLYTE.

Vous méditez, seigneur?

CLINIAS.

Sur un sujet très grave:
Je regrette le temps où vous étiez esclave.

HIPPOLYTE.

Ah! seigneur, d'un bienfait doit-on se repentir?

CLINIAS.

Peste soit du bienfait qui vous laisse partir!
Que n'ai-je encor le droit, ce droit qu'à la légère
J'ai quitté, de vous voir toujours ma prisonnière!
Ah! que s'il était temps, vous n'emporteriez pas,
Loin de mon cœur charmé, tant d'esprit et d'appas!

HIPPOLYTE.

Vous vous calomniez par trop de flatterie!

CLINIAS.

Non; que je sois pendu si c'est galanterie!
Je voudrais vous pouvoir retenir en ces lieux,
Car, — écoutez-moi bien, je suis très sérieux: —

Je vous aime !

HIPPOLYTE.

            Aussi vous ? C'est donc que, *je vous aime !*
Est pour les Athéniens le compliment suprême ?
On rencontre une femme, et, pour louer ses yeux,
On n'a d'autres moyens que s'en dire amoureux ?
A Chypre, mon pays, jamais on n'exagère,
Et nous aimons surtout un compliment sincère.

CLINIAS.

Parlons donc franchement ; je l'aime mieux aussi.
Et suis las de jouer à l'amoureux transi
Je vous avoûrai donc, et d'un cœur véritable,
Que, sans vous aimer fort, je vous vois fort aimable,
Et si vous me rendiez un peu ce sentiment,
Jamais vous n'auriez eu de plus commode amant.

HIPPOLYTE, à part.

Qu'entends-je ?

CLINIAS.

            Je suis fait peut-être de manière
A n'avoir pas besoin d'être riche pour plaire,
Et je suis cependant plus riche et généreux
Que ne le fut jamais un barbon amoureux.
Mes palais, mes trésors seront votre partage :
Et si, par un hasard, je mourais avant l'âge,
Quelque legs opulent, splendide souvenir,
Vous ferait à jamais un tranquille avenir.
D'ici là, le plaisir, sans quoi tout est chimère,
Embellirait vos jours...

HIPPOLYTE.

            Où donc es-tu, ma mère ?

CLINIAS.

Votre mère est trop loin pour en apprendre rien.

HIPPOLYTE.

Oui, je vois que je suis bien seule et sans soutien.
Allez, seigneur, allez, poursuivez votre offense,
Sûr que personne ici ne prendra ma défense.

CLINIAS, à part.

Hein?

HIPPOLYTE.

Hélas! si quelqu'un eût osé m'outrager,
C'est sur vous que j'aurais compté pour me venger.
De revoir mon pays vous devant l'assurance,
Je croyais simplement, dans ma reconnaissance,
Que vous m'accorderiez votre protection,
Pour honorer en moi votre bonne action.

CLINIAS, à part.

Me serais-je trompé?

HIPPOLYTE.

Jusqu'où va cet outrage?
Vous m'insultez malgré ma faiblesse et mon âge,
Vous m'insultez malgré ces liens, chers à tous,
La sainte parenté du bienfait entre nous;
Enfin, honte plus grande, impiété plus haute!
Vous m'insultez chez vous, moi libre, moi votre hôte!

CLINIAS.

Assez; épargnez-moi, car mon front a rougi.
Oui, j'ai stupidement et lâchement agi :
J'aurais dû voir combien vous différez des autres,
Et sur leurs sentiments ne pas juger les vôtres.
Mais un cœur qu'ont changé les penchants dissolus,
Rencontrant la pudeur, ne la reconnaît plus,
Et c'est le châtiment terrible qu'il s'apprête,
De n'être plus jamais touché par rien d'honnête!

Votre mépris m'est dû pour ma brutalité.
Mais si j'ai par hasard de vous bien mérité,
Soyez compatissante, et, je vous en conjure,
Payez-moi le bienfait par l'oubli de l'injure.
Pourrez-vous l'oublier, dites?

HIPPOLYTE.

                    C'est déjà fait !
Je ne me souviens plus, seigneur, que du bienfait.

CLINIAS.

Merci ; mais maintenant fuyez cette tanière
Indigne d'abriter une vertu si fière...
Cléon !... laissez-nous seuls : mais ne quittez ces lieux
Qu'après avoir reçu mes suprêmes adieux.

                    (Hippolyte sort à l'instant que Cléon entre.)

SCÈNE II.

CLINIAS, CLÉON.

CLÉON.

Hippolyte me fuit? Ses faveurs indécises
Ne sont...

CLINIAS.

              Écoute bien : si jamais tu t'avises
De lui dire un seul mot contre l'honnêteté,
Ou de lever sur elle un regard effronté,
Tu sauras de quel poids peut être ma colère.

CLÉON.

Hein? Tu ne veux donc plus que je tâche à lui plaire?

CLINIAS.

Non.

CLÉON.

Quel est ce caprice? Encore expliquons-nous.

CLINIAS.

Tu ne mérites pas de toucher ses genoux.

(Paris entre et reste au fond.)

CLÉON.

Vertueuse à ce point? Mais pour ton héritage
Nous laisses-tu toujours pendre à son arbitrage?

CLINIAS.

Ce qu'elle ordonnera sera bien ordonné.

CLÉON, à part.

Frappons donc les grands coups, ou je suis ruiné
(Haut.)
S'il est vrai qu'Hippolyte est si digne d'estime,
Je la voudrais avoir pour femme légitime.

PARIS, s'avançant.

Ah! triple fourbe!

CLÉON.

En quoi?

PARIS.

Tu la veux épouser
Pour qu'elle ait intérêt à te favoriser.

CLÉON.

Cette imputation, mon cher, ne m'atteint guère.

CLINIAS.

Pardon, elle t'atteint pleinement, au contraire.

CLÉON

Ai-je donc fait, pour être en butte à ce soupçon.
Comme ce cher Paris, vœu de mourir garçon?
Après un pareil vœu, s'il changeait de pensée.
Il serait convaincu d'une âme intéressée...
Mais moi! ..

PARIS.

Va ! ne crains rien de ma rivalité.
Pour m'enrichir un peu, vendre ma liberté !
J'aurais honte !

CLÉON.

Pas moi ! le célibat m'ennuie ;
Il convient à vingt ans quand tout rit dans la vie ;
Mais lorsque l'âge, auquel le cœur même est soumis,
A refroidi nos goûts, dispersé nos amis,
Alors le célibat, morne, désert et rude,
N'est plus la liberté, mais bien la solitude.

CLINIAS.

Hélas !

CLÉON.

Chaque saison apporte ses besoins,
Et l'homme qui toujours conserve mêmes soins,
Et s'obstine, malgré les progrès de son âge,
Dans sa jeune habitude et son libertinage,
Ressemble, vieux garçon, à ce fol entêté
Qui grelotte en hiver dans son manteau d'été.
Je veux me marier pour fuir cette détresse,
Et n'en suis pas honteux du tout, je le confesse.
Je rencontre une fille, où je trouve tracé
Le portrait idéal si longtemps caressé,
Belle, de douce humeur, d'une vertu farouche ;
Vite je la destine à l'honneur de ma couche ;
Et quoi qu'elle ait d'argent avec tous ses appas,
Je prends le tout ensemble, et je n'en rougis pas.

CLINIAS.

Peut-être as-tu raison.

CLÉON.

Oui, l'hymen est l'asile
Des honnêtes amours et du bonheur tranquille.

PARIS.

Là, là, je vais pleurer.

CLINIAS.

Tant pis pour toi, moqueur,
Si son discours n'a rien remué dans ton cœur.
Je t'avais mal jugé, Cléon: ton âme est bonne;
Pardonne mon erreur.

CLÉON.

Hélas! je la pardonne.

CLINIAS.

Va trouver Hippolyte et lui donne ta foi.
Elle est mal prévenue encore contre toi;
Mais elle reviendra d'un jugement sévère
Quand tu lui parleras comme tu viens de faire.

PARIS.

Autant vaut sur-le-champ nommer Cléon vainqueur!
Le moyen que je lutte avec un épouseur?

CLÉON.

Comment donc! n'es-tu pas si joli qu'Hippolyte
Entre mon hyménée et ton amour n'hésite?

PARIS.

Tu triomphes, Cléon: mais tu t'y prends trop tôt,
Car je puis épouser comme toi, s'il le faut.
J'aime assez Hippolyte, et suis assez peu sage
Pour la disputer même au prix d'un mariage.

CLINIAS.

Pour t'enrichir un peu, vendre ta liberté!

PARIS.

C'est la femme que j'aime avec avidité,
Non l'argent. Il n'est pas de liberté qui tienne.
Comme épouse ou maîtresse, il faut qu'elle soit mienne.
   (A part.)
Mais Cléon le paira de m'avoir embâté
D'un amour légitime à perpétuité.

CLINIAS.

As-tu bien réfléchi?

PARIS.

         J'épouse à l'aveuglette.
Et qu'Hippolyte soit honnête ou malhonnête.
Elle est belle, et vaut bien, pour ne la perdre pas,
Que l'on coure le sort du triste Ménélas...
Enfin, pour parler net. ma vie en peut dépendre.
Et tu me permettras au moins de la défendre.

CLINIAS.

Eh bien! soit. disputez sa main. si toutefois
Hippolyte entre vous consent à faire un choix.
Mais, puisque vous l'aimez d'une amour si profonde,
Son époux aura plus que tout l'argent du monde?

PARIS ET CLÉON.

Oh! certes!

CLINIAS.

      Je veux donc, par un arrangement.
Du vaincu. si je puis. adoucir le tourment.

CLÉON, à part.

Qu'est-ce à dire?

CLINIAS.

      Je veux que tout mon héritage
De l'amant évincé devienne le partage.

Ce sera, je le sais, dans un pareil malheur,
Un faible contrepoids à sa juste douleur!

PARIS, à part.

Se moque-t-il de nous?

CLINIAS.

Vous m'approuvez sans doute?

PARIS.

C'est charmant!

CLÉON.

C'est parfait!

PARIS, à part.

Voilà qui me déroute!

CLINIAS.

Je vais vous envoyer Hippolyte.

CLÉON.

Très-bien!

(Clinias sort

SCÈNE III.

CLÉON, PARIS.

PARIS, à part.

Voilà qui tourne mal.

CLÉON, à part.

Voilà qui ne vaut rien.

PARIS, à part, regardant Cléon de côté.

Ce Cléon est si gros, si laid, que la pécore
Voudra me rendre heureux à toute force!

CLÉON, de même.

Encore
Si ce pauvre Paris était moins délabré!

Mais l'apparence, hélas! qu'il me soit préféré '

PARIS, à part.

Que ne puis-je un instant endosser sa tournure,
Et lui prêter un peu de ma désinvolture!

CLÉON, de même.

Pourquoi suis-je, ou pourquoi n'est-il pas bien tourné ?
Que n'ai-je ce profil d'amant infortuné!

PARIS, haut.

Tiens, Cléon, franchement, tu me fais de la peine,
Et la facilité du triomphe me gêne.

CLÉON.

Ah! bah!

PARIS.

     Oui, je te veux donner quelques avis
Que tu te trouveras fort bien d'avoir suivis.
Des femmes n'ayant pas comme moi l'habitude...

CLÉON.

Quoique sur un tel point j'aie un peu moins d'étude,
Je pourrai te payer ton conseil par le mien.

PARIS.

Et d'abord tu n'as pas de grâce en ton maintien.
Imite, si tu peux, cette démarche molle ;
Laisse languissamment tomber chaque parole ;
Vois comme en regardant je sais cligner des yeux :
Voilà ce qu'on appelle un homme gracieux!

CLÉON.

Marche les reins cambrés, la tête droite ; en somme
Imite-moi : voilà ce qu'on appelle un homme!
Épargne-toi surtout ces clins d'yeux impudents.

PARIS.

Évite de sourire, à cause de tes dents.

CLÉON.
A cause de ton nez, pauvre garçon, évite
D'être vu de profil.

PARIS.
Chut! j'entends Hippolyte.

SCÈNE IV.

Les précédents, CLINIAS, HIPPOLYTE.

CLINIAS, en entrant, à Hippolyte.
Écoutez-les du moins ; ils vous aiment !
HIPPOLYTE.
Vraiment ?
CLINIAS, à Cléon et à Paris.
Voici le juge, amis ; plaidez éloquemment ;
Vous avez en vos mains toute votre existence.
CLÉON.
Merci, mais. . laisse-nous... tu conçois... ta présence...
CLINIAS.
(A part.)
Vous gêne? Soit, je sors. Elle a les yeux trop beaux
Pour choisir un époux entre ces deux marauds.
(Il sort.)

SCÈNE V.

CLÉON, HIPPOLYTE, PARIS.

CLÉON.
Daignerez-vous, Madame, excuser ma demande ?
Mon mérite est petit et mon audace grande.
Je le sais ; et je tremble avec un tel rival.

Que mon ambition ne réussisse mal.

HIPPOLYTE.

Vous lui rendez justice un peu tard, ce me semble.

PARIS.

(À part.)   (Haut.)

Justice? je lui plais! C'est plutôt moi qui tremble.

Quand je vois son mérite, et le peu que je vaux!

HIPPOLYTE.

Touchante modestie et rare entre rivaux!

CLÉON.

Ah! c'est que je me vois comme je suis!

HIPPOLYTE, à part.

Pauvre homme!

PARIS.

Plains-toi donc! ton visage est rond comme une pomme,

Lorsque le mien, hélas! tristement allongé,

Pourrait servir d'enseigne à tous les maux que j'ai.

HIPPOLYTE.

Et quel mal avez-vous?

PARIS.

Un mal peu poétique :

Mon médecin prétend que je suis hydropique.

CLÉON.

Ton médecin me semble un âne à triple bât :

Hydropique jamais eut-il ventre si plat?

Va, va, je te promets une vieillesse allègre.

PARIS, piteusement.

Les femmes, en effet, me trouvent un peu maigre.

CLÉON.

Cette maigreur est leste, et ne te messied point.

Que je la troquerais contre mon embonpoint!

PARIS.

Es-tu fou, cher Cléon? un peu de corpulence
Commande le respect, prouvant la tempérance ;
Et quand je vois passer un homme au teint fleuri,
Voilà, dis-je aussitôt, un excellent mari,
Un mari qui fera le bonheur de sa femme ;
Car la santé du corps marque celle de l'âme :
La vertu seule est grasse, et les mauvais sujets
Ont beau manger et boire, ils n'engraissent jamais.

HIPPOLYTE.

Vous ne vous flattez pas.

PARIS.

       Jamais je ne déguise...
Aussi, pour m'achever de peindre avec franchise,
Je suis taquin, grondeur sans trop savoir pourquoi ;
Amoureux à l'excès de dominer chez moi ;
Du reste, tracassier comme une vieille femme.
Ajoutez que je fais parfois des vers, Madame.
Le portrait n'est pas beau, mais quoi ! j'ai le désir
Que vous me connaissiez avant de me choisir.

HIPPOLYTE.

Cette délicatesse est pleine de prudence :
Mais elle s'est émue un peu trop à l'avance,
Et le danger est loin dont vous me préservez.

CLÉON, à part.

Holà ! je suis perdu !

PARIS, à part.

       Bon ! nous sommes sauvés !

CLÉON.

Ta franchise me touche, ami, je veux la suivre.
Oui, sans masque à vos yeux il faut que je me livre.

Madame ; et je dirai, la rougeur sur le front,
Que par tempérament je suis un peu poltron.

HIPPOLYTE.

Vous ne l'avoûriez pas, s'il était vrai.

PARIS, à part.

                Le traître !

CLÉON.

C'est une aversion dont je ne suis pas maître ;
Je crains les coups, le sang me fait du mal à voir,
Et je ne saigne pas du nez sans m'émouvoir.

HIPPOLYTE.

Quoi ! seigneur...

PARIS.

      Non, Madame ; il raille à sa manière :
C'est une facétie aux braves familière.

HIPPOLYTE.

Je veux le prendre ainsi.

PARIS.

        Pouvez-vous supposer
Qu'à vos justes dédains il aille s'exposer,
Lui qui disait tantôt à qui voulait l'entendre
Que si vous l'évinciez, il s'en irait se pendre?

CLÉON.

Moi, me pendre !

HIPPOLYTE.

      Il serait fâcheux, sans contredit,
Qu'un homme si prospère en santé se pendît,
Et j'en aurais pour moi de la douleur dans l'âme.

CLÉON.

(À part.)   (Haut.)
Ma figure lui plaît! Rassurez-vous, Madame ;

Quoi que vous décidiez de mon sort, je promets
De ne me pendre pas.... je ne me pends jamais'
C'est bien plutôt Paris, dont l'ardente nature
Dans la joie ou le deuil n'a jamais de mesure,
Qui, si vous l'évinciez, serait homme à mourir.

PARIS.

Je souffrirais beaucoup, mais quoi! je sais souffrir.

CLÉON.

Tu mourrais! je connais ton cœur mieux que toi-même.
Et moi, j'aurais tué le seul ami que j'aime!
Madame, épargnez-moi ce remords éternel :
Sauvez, sauvez Paris d'un désespoir mortel.

HIPPOLYTE.

Mon embarras est grand, seigneur, car je suis bonne,
Et ne voudrais causer le trépas de personne.

CLÉON.

Viens-t'en, Paris ; laissons Madame réfléchir.

PARIS.

(A part.)

Un instant. Je suis pris si je ne sais gauchir.

(Haut.)

Si quelqu'un doit mourir pour vous avoir servie,
Que ce soit moi plutôt : je suis soûl de la vie,
Et quand même j'aurais l'honneur de votre hymen,
Je sens qu'il en faudrait finir quelque matin.
Eh bien! l'occasion par le sort m'est fournie
De mourir dès ce soir en bonne compagnie ;
Chacun est satisfait par cet arrangement :
Cléon vivra ; pour moi, j'en mourrai plus gaîment,
Et Clinias sera très charmé que son ombre
Trouve avec qui parler dans le royaume sombre.

5.

HIPPOLYTE.

Clinias! Qu'est-ce à dire?

PARIS.

Êtes-vous sans savoir

Qu'il va s'empoisonner?

HIPPOLYTE.

S'empoisonner!

PARIS.

Ce soir.

HIPPOLYTE.

Vous raillez?

PARIS.

Nullement. Viens, Cléon.

HIPPOLYTE, les arrêtant.

Tout à l'heure!

(A Cléon.)

Est-il vrai, dites-moi?...

CLÉON.

Quoi? que Clinias meure?
Très-vrai; mais qu'à ce jeu Paris veuille jouer,
Non; il vivrait mille ans plutôt que se tuer.

HIPPOLYTE.

Quoi, si jeune! si bon! quel désespoir le pousse?

PARIS.

L'ennui, car autrement sa vie est assez douce.

CLÉON.

Ce qu'il désire, il peut l'avoir avec son bien:
Mais c'est son grand malheur qu'il ne désire rien.

HIPPOLYTE.

Le voici: pas un mot.

SCÈNE VI.

LES PRÉCÉDENTS, CLINIAS.

CLINIAS.

L'heure avance, Madame.
Et je venais savoir vers qui penche votre âme.

HIPPOLYTE.

Puis-je avouer, seigneur, en présence des gens,
La haine ou l'amitié que pour eux je ressens?
Mépriser l'un, choisir l'autre en face, serait-ce
Observer la pudeur avec la politesse?

PARIS.

Nous sortons.

(Cléon et Paris font quelques pas vers la porte. Cléon revient
lestement vers Hippolyte.)

CLÉON, bas à Hippolyte.

Songez bien que je suis un poltron.
Prenez Paris.

PARIS, arrachant Cléon d'auprès d'Hippolyte.

Je suis taquin, prenez Cléon.

CLÉON, même jeu.

J'ai mille autres défauts.

PARIS, même jeu.

Demain vous seriez veuve.

CLÉON, même jeu.

N'en croyez pas un mot, et faites-en l'épreuve:
Comment à votre amour préférer le trépas?

(Paris emmène Cléon.)

HIPPOLYTE, à part.

Si Clinias aimait, il ne mourrait donc pas?

SCÈNE VII.

HIPPOLYTE, CLINIAS.

CLINIAS.

Eh bien ! qu'en dites-vous?

HIPPOLYTE, après une hésitation.

Ce sont des cœurs honnêtes
Qui méritent tous deux l'état que vous en faites.
Je ne sais qui choisir. Que me conseillez-vous?

CLINIAS.

Je suis charmé qu'entre eux vous preniez un époux.

HIPPOLYTE.

C'est d'après vos avis.

CLINIAS.

Je craignais, à vrai dire,
Qu'il ne vous en coûtât un peu plus d'y souscrire,
Tant vous m'aviez pour eux montré d'éloignement.

HIPPOLYTE.

Leurs discours m'ont gagnée à votre sentiment.

CLINIAS.

J'en suis ravi.

HIPPOLYTE.

Seigneur, je le crois.

CLINIAS.

Mais, Madame,
Lequel d'entre eux?...

HIPPOLYTE.

Paris rendra, je crois, sa femme
Heureuse.

CLINIAS.

Quoi! Paris, un pareil libertin!
Y songez-vous? Un cœur depuis vingt ans éteint?
Cet oubli de lui-même est fait pour me surprendre.
Que, sachant ce qu'il est, il ose à vous prétendre.

HIPPOLYTE.

S'il m'aime!

CLINIAS.

S'il vous aime, il doit se souvenir
Que son passé présage un méchant avenir,
Et, pour votre bonheur surmontant son envie,
A de plus dignes mains confier votre vie.

HIPPOLYTE.

S'il déteste le vice, et, certain d'en guérir...

CLINIAS.

Il n'en guérira pas, car il n'ose mourir,
Et la mort seulement, au point où nous en sommes,
De cette infection purge le cœur des hommes.
Enfin, si j'ai toujours quelque crédit sur vous,
Ce n'est pas ce bandit qui sera votre époux.

HIPPOLYTE.

Cléon vaudrait-il mieux?

CLINIAS.

Cléon est encor pire.

HIPPOLYTE.

Vous disiez?...

CLINIAS.

Oubliez ce que j'en ai pu dire,
J'avais tort; retournez à Chypre, et que du moins
Si vous aimez quelqu'un, d'autres en soient témoins.

HIPPOLYTE, à part.

Il m'aime!

SCÈNE VIII.

Les précédents, L'INTENDANT, apportant la ciguë.

HIPPOLYTE, à part.

Le poison!

CLINIAS, à l'intendant.

Déjà?

L'INTENDANT.

N'est-ce pas l'heure
Que vous m'avez marquée?

CLINIAS, à part.

Il est temps que je meure,
Si je veux emporter mon secret avec moi.

L'INTENDANT.

C'en est donc fait?

CLINIAS.

C'est bien, laisse-nous.

L'INTENDANT.

Mais...

CLINIAS.

Tais-toi!

(L'intendant sort.)

SCÈNE IX.

CLINIAS, HIPPOLYTE.

CLINIAS.

J'ai fait sur un vaisseau payer votre passage,
Et de Chypre demain vous verrez le rivage.
Hippolyte, voici le moment des adieux :

Nous ne nous verrons plus sans doute !

HIPPOLYTE, à part.

Justes Dieux !

(Haut.)

Veut-il mourir encore ? Aimez-vous tant Athènes,
Que vous ne puissiez voir les régions lointaines ?
Chypre n'est pas si loin, et ma mère, seigneur,
A vous remercier aurait tant de bonheur !

CLINIAS.

Pour un autre voyage il faut que je m'apprête,
Un voyage plus long que de Chypre ou de Crète.
Mais si je goûte ici, pour la dernière fois,
Votre douce présence et votre douce voix,
Quelque part, croyez-m'en, que s'achève ma vie,
La vôtre de mes vœux sera toujours suivie...
Adieu donc. le navire est prêt, le vent est bon...

HIPPOLYTE, éclatant.

Ah ! vous me renvoyez pour boire ce poison !

CLINIAS.

Qui vous l'a dit ?

HIPPOLYTE.

Paris.

CLINIAS.

Ne pouvait-il se taire ?
Comme si nos adieux étaient trop doux à faire...

(Après une pause.)

Puisqu'il vous a livré le secret de mon sort,
Fuyez donc maintenant pour ne pas voir ma mort.

HIPPOLYTE.

Non, à moins que d'avoir en partant la promesse
Que vous vivrez.

CLINIAS.

Et quoi ! mon sort vous intéresse ?
Allez ! cette existence, à l'instant de finir,
Ne vaut pas un regret, pas même un souvenir.
Ma mort est nécessaire : il faut que je périsse
Pour me tirer enfin de ce bourbier du vice.

HIPPOLYTE.

Lorsque je vous dois tant...

CLINIAS.

Vous ne me devez rien,
C'est moi qui vous dois tout, et vous le savez bien :
Je vous dois... un instant de fierté qui m'enivre ;
Je vous dois de mourir tel que j'aurais dû vivre !
Dans un dédain haineux mon cœur s'était serré
Au spectacle des gens dont j'étais entouré,
Et j'avais, méprisant compagnons et maîtresses,
Laissé tarir en moi la source des tendresses.
Enfin de ces méchants j'étais presque l'égal,
Et n'avais plus de bon que la haine du mal ;
Quand vous êtes venue en mon orgueil aride
Épancher la fraîcheur de votre âme limpide,
Et mettre dans mon cœur, aux portes du tombeau,
La douceur d'admirer quelque chose de beau.

HIPPOLYTE.

Ah ! seigneur, vous vivrez ! votre âme raffermie
Sans fléchir maintenant peut soutenir la vie ;
Vous saurez, fatigué d'un spectacle odieux,
Qu'il existe des cœurs où reposer vos yeux...

CLINIAS.

Il n'en existe qu'un, le vôtre, noble fille !
Mais vous allez revoir votre heureuse famille.

Et quand vos pieds auront abandonné mon seuil,
Je me retrouverais plus seul et plus en deuil
Que si mon cœur jamais ne vous eût entendue;
Car je vous connaîtrais et vous aurais perdue.

HIPPOLYTE.

Vous en rencontrerez une autre quelque jour
Aussi digne d'estime et plus digne d'amour...
Vous l'aimerez, seigneur, et connaîtrez près d'elle
La paix d'une tendresse honnête et mutuelle.

CLINIAS.

Qui voudrait accepter l'hymen d'un débauché,
Et les restes d'un cœur par le vice séché?
Croyez-vous que jamais une vierge consente
A mettre dans mes mains sa jeunesse innocente?

(A part.)   (Haut.)

Elle se tait... Allez! je fais bien de mourir,
C'est le plus sûr repos où je puisse courir.
   Mais vous, dont l'âme encor n'a pas de flétrissure,
Vivez longtemps, vivez tranquille autant que pure;
Soyez mère féconde aux bras d'un autre époux;
Et que puissent les dieux, plus cléments envers vous,
Unir à votre part d'heureuse destinée
La part qu'ils me devaient et ne m'ont pas donnée!
Dites-vous quelquefois, au milieu du bonheur,
   Qu'en vous voyant plus tôt j'aurais été meilleur;
Que... Mais je perds courage en cet adieu suprême.
Conservez ma mémoire...

(Il prend la coupe et la porte à ses lèvres.)

HIPPOLYTE.

         Arrêtez! je vous aime!

CLINIAS, laissant tomber la coupe.

Grands dieux! l'ai-je entendu? Vous... vous... je suis aimé!

HIPPOLYTE.

Il le faut bien.

CLINIAS.

L'espoir ne m'est donc plus fermé!
Un bonheur inconnu vient d'entrer dans mon âme.
Oh! je veux être heureux, je veux vivre! ô ma femme!

HIPPOLYTE.

Mes parents sont à Chypre.

CLINIAS.

Eh bien! tant mieux! quittons
Ce désert qu'on appelle Athènes, et partons.
Adieu, mes bons amis! Adieu, ville maudite!...
Ta mère m'aimera, n'est-ce pas, Hippolyte?
Une famille à moi! Quelle joie! et comment
Ai-je pu jusqu'ici vivre différemment?
Mais je suis jeune et peux réparer ma folie.
Comme l'affliction facilement s'oublie!
Mais vous repentez-vous déjà de mon bonheur?
Quel silence!

HIPPOLYTE.

J'écoute, et m'applaudis, seigneur.

SCÈNE X.

LES PRÉCÉDENTS, CLÉON, PARIS.

CLÉON.

Eh bien! la conférence est-elle terminée?

SCÈNE X.

CLINIAS.

Oui.

PARIS.

Mets-nous au courant de notre destinée ;
Ne nous fais pas languir. Suis-je l'heureux mortel ?...

(A part.)

J'ai peur.

CLINIAS.

Non.

CLÉON.

C'est donc moi qui conduis à l'autel ?...

(A part.)

J'en étais sûr.

CLINIAS.

Non plus.

CLÉON.

Non plus ? Qui donc hérite ?

CLINIAS.

C'est moi, mes chers amis, et j'épouse Hippolyte.
Du monde n'ayant vu que le mauvais côté,
Du monde je m'étais promptement dégoûté ;
Mais loin de parcourir toute la joie humaine,
Je n'étais pas entré dans son plus beau domaine,
Et cette route ouverte au-devant de mes pas,
Est plus longue que l'autre, et ne fatigue pas.
Je veux la parcourir lentement, avec elle,
Et sans vous. Adieu donc, car le bonheur m'appelle
Et j'ai regret au temps que je perds avec vous.

(Il sort avec Hippolyte.)

SCÈNE XI.

CLÉON, PARIS.

(Ils se regardent d'un air accablé, se rapprochent comme pour se
parler, et tout à coup :)

PARIS.

Embrassons-nous, Cléon.

CLÉON.

Ah! bah! embrassons-nous!

FIN.